編者的話

　　自然發音法可讓小朋友透過二十六個字母，直接發音。因此只要學完二十六個字母的小朋友，就可以開始學習。

　　為了讓小朋友輕鬆愉快地學會，我們特地編寫這套「**自然發音法**」(Let's Study Phonics)。

⊙ **全書特色**：

1. 節選最基本的發音規則，共分 2 冊，適合**初學英語**的小朋友。

2. 書中單字不超過**國中英語**的範圍，而且都是小朋友身邊感興趣的事物，他們可以直接看圖認字發音，自然學會。

3. 每課皆附**聽寫**或**拼字活動**，讓小朋友經由反覆的練習而加深印象。

U0084484

CONTENTS

LESSON 1

Pp

Listen and read.

piano

ship

pig

apple

pencil

 Listen and read.

bus

bear

boy

bed

bag

3 Listen and write the correct letter.

p or b

1 _____

2 _____

3 _____

4 _____

5 _____

6 _____

7 _____

8 _____

LESSON 2

Tt

1 Listen and read.

tea

table

taxi

telephone

teacher

Listen and read.

desk

doctor

duck

dog

door

3 Listen and write the correct letter.

t or **d**

1. _____

2. _____

3. _____

4. _____

5. _____

6. _____

7. _____

8. _____

LESSON 3

Cc

1 Listen and read.

cup

cat

car

cake

clock

 Listen and read.

goose

green

gun

girl

glass

3 Listen and write the correct letter.

c or g

1. _____

2. _____

3. _____

4. _____

5. _____

6. _____

7. _____

8. _____

LESSON 4 ..... *Review*

1 Listen and circle.

Circle the beginning letter.

1
b
d
t

2
t
d
p

3
b
g
c

4
d
b
g

5
c
b
p

Circle the last letter.

6
b
t
d

7
t
p
c

8
g
d
b

9
d
b
t
c

10
p
t

 **2** Listen and write.

Write the beginning letter

1.

___

2.

___

3.

___

4.

___

5.

___

Write the last letter

6.

___

7.

___

8.

___

9.

___

10.

___

Dictation.

p b t d c g

1.
___ u ___

2.
___ o ___

3.
___ a ___

4.
___ e ___

5.
___ i ___

6.
___ a ___

7.
___ i ___

8.
___ a ___

9.
___ u ___

10.
___ a ___

LESSON 5

Aa

1 Listen and read.

apple

bat

cat

bag

map

Ee

2 Listen and read.

hen

leg

bed

pen

egg

3 Listen and read.

ink

fish

pig

dish

dig

4 Listen and write the correct letter.

a or **e** or **i**

1.
b__th

2.
rabb__t

3.
t__st

4.
m__p

5.
c__ndy

6.
d__sk

7.
__nk

8.
h__n

LESSON 6

Oo

1 Listen and read.

sock

box

fox

pot

lock

Uu

2 Listen and read.

brush

nut

run

bus

cup

3 Listen and write the correct letter.

o or **u**

1.

s__n

2.

m__p

3.

p__t

4.

__mbrella

5.

d__ll

6.

g__n

7.

r__n

8.

sh__p

LESSON 7 _____ *Review*

 Listen and circle the correct letter.

1.

a e ⓘ o u

2.

a e i o u

3.

a e i o u

4.

a e i o u

5.

a e i o u

6.

a e i o u

7.

a e i o u

8.

a e i o u

9.

a e i o u

10.

a e i o u

11.

a e i o u

12.

a e i o u

2 Listen and write the correct letter.

a e i o u

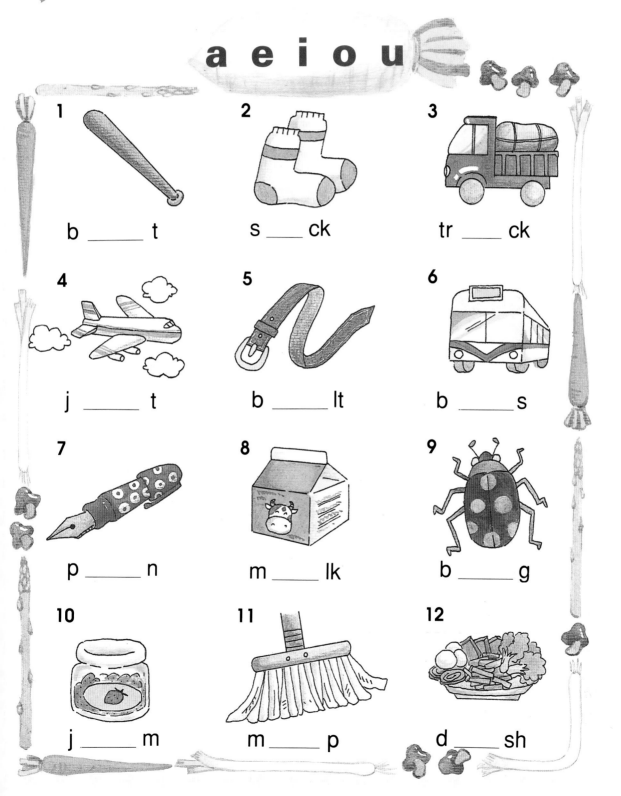

1 b ____ t

2 s ___ ck

3 tr ____ ck

4 j ____ t

5 b ____ lt

6 b ____ s

7 p ____ n

8 m ____ lk

9 b ____ g

10 j ____ m

11 m ____ p

12 d ____ sh

3 Speed reading.

LESSON 8

Mm Nn

 Listen and read.

mo**nkey**

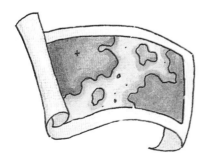

map

mo**ther**

nest

nurse

man

Ff Vv

 Listen and read.

fish

violin

fat

vase

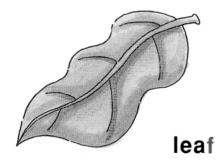

leaf

vegetable

3 Listen and circle the correct beginning letter.

1.	2.	3. FRI THU WED	4.
f v n	m n f	v f m	n v m
5. MILK	6.	7.	8.
m f v	m n v	f m n	v m f

4 Speed reading.

map
man
mop

van
vet

fan
fat
fig

nap
net
nut

LESSON 9

Ss   Zz

 1 Listen and read.

sea

zoo

sit

zebra

six

zero

2) Listen and write the correct letter.

S or **Z**

1.
__ebra

2.
ne__t

3.
__even

4.
__un

5.
__tar

6.
pri__e

7.
__ipper

8.
__wim

3 Listen and fill in the blanks.

m n f v s z

1. __a__e

2. __oo__

3. __ox

4. __ero

5. pe__

6. gu__

7. lea__

8. bu__

LESSON 10

Ll Rr

 Listen and read.

lake

run

lion

red

leg

rain

Yy Ww

2 Listen and read.

you

wind

yellow

wet

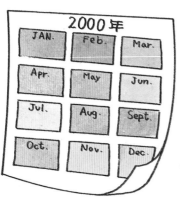

year

work

3 Listen and circle the correct beginning letter.

1.	2.	3.	4.
w y r	l r w	y r l	l w y
5.	6.	7.	8.
r l w	l y w	r w y	r w y

4 Speed reading.

lid
leg

yen
yes

rat
red
run

web
wet
wig

LESSON 11

Jj Hh

 1 Listen and read.

jet

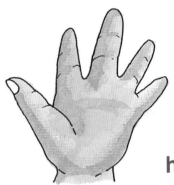

hand

jam

hat

jump

hit

Kk Qq Xx

2 Listen and read.

king

queen

fo**x**

key

quarter

bo**x**

kind

question

si**x**

3 Listen and circle the correct beginning letter.

1. 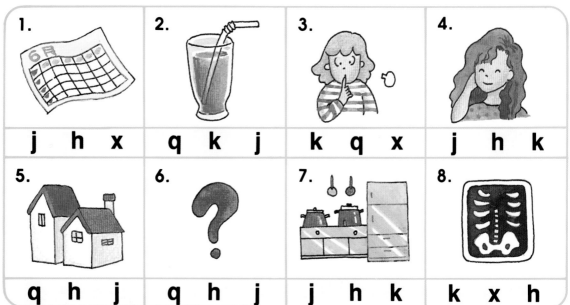	2.	3.	4.
j h x	q k j	k q x	j h k
5.	6.	7.	8.
q h j	q h j	j h k	k x h

 4 Listen and write the correct letter.

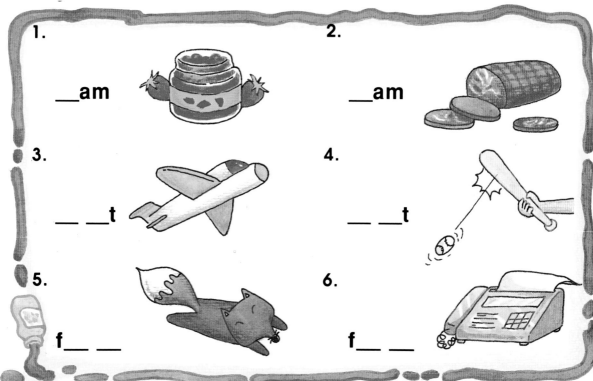

1. __am

2. __am

3. __ __t

4. __ __t

5. f__ __

6. f__ __

LESSON 12 *Review*

1 Speed reading.

sit
fit
bit
hit

bat
cat
hat
mat

van
can
fan
man
pan

rug
jug
bug
mug

cop
hop
mop
top

men
hen
ten
pen

bell
tell
hell
sell

dad
bad
lad
sad

cut
but
hut
nut

pig
fig
dig
wig

cap
lap
nap
map

bed
red
Ted

2 Listen and write the first letter.

a b c d e f g h i j k l m

Alphabe

n o p q r s t u v w x y z

House

LESSON 13

a-e cake

1 Listen and read.

name

game

bake

gate

lake

i-e rice

 Listen and read.

bike

five

ride

wine

kite

3 Speed reading.

sale
male
pale
tale

nine
pine
wine
vine

gate
hate
mate
late

ride
side
hide
wide

fame
game
dame
name

cave
Dave
save
wave

time
lime
dime
mime

fake
lake
cake
bake

bike
like
Mike
hike

LESSON 14

o-e rose

1. Listen and read.

nose

rope

home

hope

notebook

u-e **cute**

 Listen and read.

June

tube

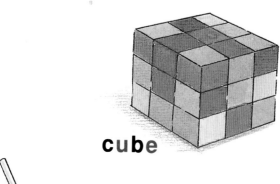

cube

juice

mule

3 Speed reading.

bone
cone
hole
home

June
mule
tube
use

hope
nose
note
pole

cube
cute
fuse

rope
rose

Listen and fill in the blanks.

1. sk ___ t ___

2. r ___ d ___

3. c ___ b ___

4. f ___ v ___

5. h ___ s ___

6. t ___ b ___

7. w ___ n ___

8. r ___ s ___

9. g ___ m ___

10. t ___ m ___

11. l ___ k ___

12. c ___ k ___

LESSON 15 —————————— *Review*

1 Read and match.

cap ▢

tap ▢

mat ▢

hat ▢

can ▢

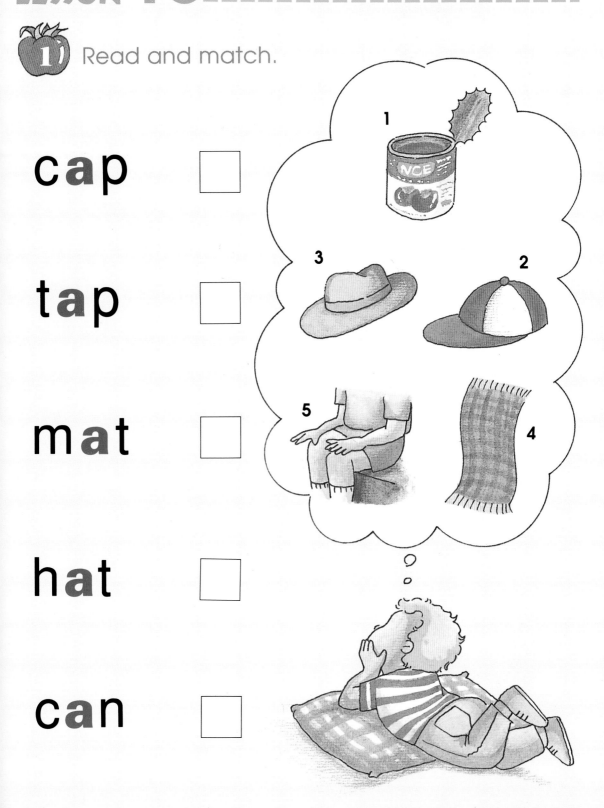

 Fold and find new words.

 Dictation.

e

e

e

e

e

1 __ __ __ __

2 __ __ __ __

3 __ __ __ __

4 __ __ __ __

5 __ __ __ __

Read and match.

pin ☐

win ☐

Tim ☐

hop ☐

not ☐

1

2

3

4

5

5 Fold. and find
new words.

 Dictation.

e

e

1 ___ ___ ___ ___

e

2 ___ ___ ___ ___

e

3 ___ ___ ___ ___

e

4 ___ ___ ___ ___

e

5 ___ ___ ___ ___

LESSON 16 *Review*

 1) Read and match.

cub ☐

1

tub ☐

2

cut ☐

3

us ☐

4

 **Fold and find new words.**

 **Dictation.**

1 ___ ___ ___ ___ ___

2 ___ ___ ___ ___

3 ___ ___ ___ ___

4 ___ ___ ___ ___

Listen and circle the correct letter.

LESSON 17

sh

1 Listen and read.

she

di**sh**

shop

fi**sh**

shirt

 Listen and read.

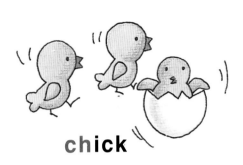

chick

chair

teacher

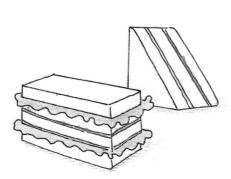

sandwich

lunch

3 Listen, circle and write.

sh   ch   sh   ch

   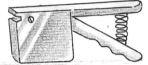

1. __ __ __ __   2. __ __ __ __ __

sh   ch   sh   ch

3. __ __ ocolate   4. __ __ ee __

sh   ch   sh   ch

5. __ __ oe   6. __ __ erry

sh   ch   Sh   Ch

   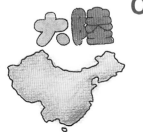

7. __ __ ild   8. __ __ ina

LESSON 18

ph

 Listen and read.

alp**h**abet

photo

teleph**one**

eleph**ant**

wh

Listen and read.

white

when

why

what

3 Listen, circle and write.

wh   ph

1. ___ ___ ___ ___ ics

wh   ph

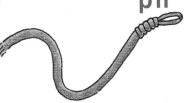

3. ___ ___ ___ ___

wh   ph

5. ___ ___ eel

Wh   Ph

7. ___ ___ oebe

wh   ph

2. ___ ___ ale

Wh   Ph

4. ___ ___ ilippines

wh   ph

6. ___ ___ oeni ___

wh   ph

8. ___ ___ isper

LESSON 19
th

1 Listen and read.

this

math

father

mother

thick

thin

bath

ck

Listen and read.

sock

clock

kick

duck

pick

ng

3 Listen and read.

wing

sing

ring

king

4 Speed reading.

sing
wing
ring
king

sick
kick
lick
pick

wish
dish
fish
swish

truck
duck
struck
luck

bunch
lunch
punch

dash
mash
rash
cash

dock
lock
sock
rock

bath
path
math

song
long

gang
rang
bang
sang

brush
hush
crush
rush

beach
reach
peach
teach

Words In Book One

Lesson 1

☐1 pencil〔'pɛnsḷ〕鉛筆　　piano〔pɪ'æno〕鋼琴　　pig〔pɪg〕豬
　　apple〔'æpḷ〕蘋果　　ship〔ʃɪp〕船

☐2 bus〔bʌs〕公車　　　bear〔bɛr〕熊　　　　boy〔bɔɪ〕男孩
　　bed〔bɛd〕床　　　　bag〔bæg〕袋子

Lesson 2

☐1 tea〔ti〕茶　　　　　table〔'tebḷ〕桌子　　taxi〔'tæksɪ〕計程車
　　telephone〔'tɛlə,fon〕電話　teacher〔'titʃɚ〕老師

☐2 desk〔dɛsk〕書桌　　doctor〔'dɑktɚ〕醫生　duck〔dʌk〕鴨子
　　dog〔dɔg〕狗　　　　door〔dɔr〕門

Lesson 3

☐1 cup〔kʌp〕茶杯　　　cat〔kæt〕貓　　　　car〔kɑr〕車子
　　cake〔kek〕蛋糕　　　clock〔klɑk〕時鐘

☐2 glass〔glæs〕玻璃杯　gun〔gʌn〕槍　　　　girl〔gɝl〕女孩
　　green〔grin〕綠色的　goose〔gus〕鵝

Lesson 5

☐1 apple〔'æpḷ〕蘋果　　bat〔bæt〕球棒　　　cat〔kæt〕貓
　　bag〔bæg〕袋子　　　map〔mæp〕地圖

☐2 bed〔bɛd〕床　　　　egg〔ɛg〕蛋　　　　hen〔hɛn〕雞
　　leg〔lɛg〕腿　　　　pen〔pɛn〕鋼筆

☐3 ink〔ɪŋk〕墨水　　　fish〔fɪʃ〕魚　　　pig〔pɪg〕豬
　　dish〔dɪʃ〕碟；一道菜　dig〔dɪg〕挖

Lesson 6

☐1 box〔bɑks〕盒子　　　sock〔sɑk〕短襪　　fox〔fɑks〕狐狸
　　pot〔pɑt〕鍋子　　　lock〔lɑk〕鎖

☐2 brush〔brʌʃ〕刷子　　cup〔kʌp〕茶杯　　　nut〔nʌt〕堅果
　　bus〔bʌs〕公車　　　run〔rʌn〕跑

Lesson 8

1 monkey〔'mʌŋkɪ〕猴子
map〔mæp〕地圖
mother〔'mʌðɚ〕母親

2 fish〔fɪʃ〕魚
fat〔fæt〕胖的
leaf〔lif〕樹葉

nest〔nɛst〕鳥巢
nurse〔nɝs〕護士
man〔mæn〕男人

violin〔vaɪə'lɪn〕小提琴
vase〔ves〕花瓶
vegetable〔'vɛdʒətəbḷ〕蔬菜

Lesson 9

1 sea〔si〕海
sit〔sɪt〕坐
six〔sɪks〕六

zoo〔zu〕動物園
zebra〔'zibrə〕斑馬
zero〔'zɪro〕零

Lesson 10

1 lake〔lek〕湖
leg〔lɛg〕腿
red〔rɛd〕紅色

2 you〔ju〕你
year〔jɪr〕年
wet〔wɛt〕濕的

lion〔'laɪən〕獅子
run〔rʌn〕跑
rain〔ren〕下雨

yellow〔'jɛlo〕黃色
wind〔wɪnd〕風
work〔wɝk〕工作

Lesson 11

1 jet〔dʒɛt〕噴射機
jam〔dʒæm〕果醬
jump〔dʒʌmp〕跳

2 king〔kɪŋ〕國王
key〔ki〕鑰匙
kind〔kaɪnd〕仁慈的
fox〔fɑks〕狐狸
box〔bɑks〕盒子
six〔sɪks〕六

hand〔hænd〕手
hat〔hæt〕帽子
hit〔hɪt〕擊中

queen〔kwin〕皇后
quarter〔'kwɔrtɚ〕四分之一
question〔'kwɛstʃən〕問題

Lesson 13

1 name〔nem〕名字
bake〔bek〕烘焙
lake〔lek〕湖

game〔gem〕遊戲
gate〔get〕大門

2 bike〔baɪk〕腳踏車　　　　wine〔waɪn〕酒
　five〔faɪv〕五　　　　　　kite〔kaɪt〕風箏
　ride〔raɪd〕騎（車或馬）

Lesson 14

1 nose〔noz〕鼻子　　　　　rope〔rop〕粗繩
　home〔hom〕家　　　　　hope〔hop〕希望
　notebook〔'notˌbʊk〕筆記本

2 June〔dʒun〕六月　　　　　tube〔tjub〕管；筒
　cube〔kjub〕立方體　　　　juice〔dʒus〕果汁
　mule〔mul〕騾

Lesson 17

1 she〔ʃi〕她　　　　　　　dish〔dɪʃ〕盤子
　shop〔ʃap〕商店　　　　　fish〔fɪʃ〕魚
　shirt〔ʃɝt〕襯衣

2 chick〔tʃɪk〕小雞　　　　　chair〔tʃɛr〕椅子
　teacher〔'titʃɚ〕老師　　　sandwich〔'sændwɪtʃ〕三明治
　lunch〔lʌntʃ〕午餐

Lesson 18

1 alphabet〔'ælfəˌbɛt〕字母　　photo〔'foto〕照片
　telephone〔'tɛləˌfon〕電話　　elephant〔'ɛləfənt〕大象

2 white〔hwaɪt〕白色　　　　when〔hwɛn〕何時
　why〔hwaɪ〕為什麼　　　　what〔hwɑt〕什麼

Lesson 19

1 this〔ðɪs〕這個　　　　　math〔mæθ〕數學
　father〔'fɑðɚ〕父親　　　　mother〔'mʌðɚ〕母親
　thick〔θɪk〕厚的　　　　　thin〔θɪn〕薄的
　bath〔bæθ〕沐浴

2 sock〔sak〕短襪　　clock〔klak〕時鐘　　kick〔kɪk〕踢（足球）
　duck〔dʌk〕鴨子　　pick〔pɪk〕採；摘

3 ring〔rɪŋ〕戒子　　wing〔wɪŋ〕翅膀　　king〔kɪŋ〕國王
　sing〔sɪŋ〕唱歌

Dictation Manuscript For Teacher

Lesson 1
1. baby   2. bread   3. apple
4. pants   5. ball   6. paper
7. blue   8. ship

Lesson 2
1. dance   2. tape   3. tall
4. dig   5. dollar   6. teacher
7. taxi   8. toy

Lesson 3
1. call   2. garden   3. clock
4. ghost   5. gold   6. car
7. game   8. camp

Lesson 4
1. 1. duck   2. desk   3. boy
   4. girl   5. cap   6. hand
   7. cup   8. egg   9. net
   10. foot

2. 1. ten   2. banana   3. guitar
   4. piano   5. cake   6. bag
   7. map   8. cat   9. ship
   10. bed

3. 1. bug   2. dog   3. bag
   4. bed   5. dig   6. bat
   7. pig   8. cap   9. cup
   10. cat

Lesson 5
1. bath   2. rabbit   3. test
4. map   5. candy   6. desk
7. ink   8. hen

Lesson 6
1. sun   2. mop   3. pot
4. umbrella 4. doll   6. gun
7. run   8. shop

Lesson 7
1. 1. ink   2. fish   3. bed
   4. box   5. sock   6. bus
   7. glove   8. bat   9. cat
   10. mop   11. cut   12. pen

2. 1. bat   2. sock   3. truck
   4. jet   5. belt   6. bus
   7. pen   8. milk   9. bug
   10. jam   11. mop   12. dish

Lesson 8
1. fly   2. net   3. Friday
4. map   5. milk   6. valley
7. nurse   8. volleyball

Lesson 9
2. 1. zebra   2. nest   3. seven
   4. sun   5. star   6. prize
   7. zipper   8. swim

3. 1. vase   2. moon   3. fox
   4. zero   5. pen   6. gun
   7. leaf   8. bus

Lesson 10
1. radio   2. watch   3. river
4. letter   5. lion   6. yard
7. yacht   8. walk

Lesson 12

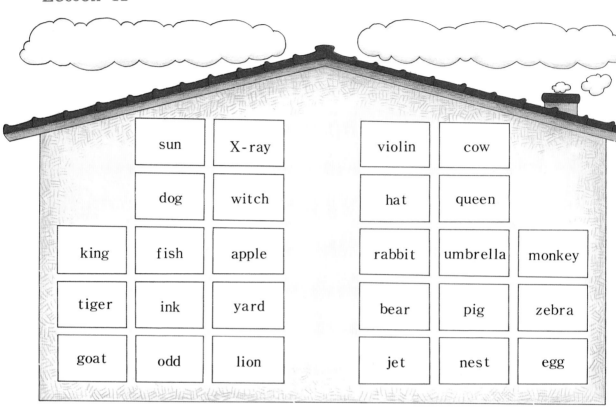

Lesson 11

3 1. June   2. juice   3. quiet
    4. hair   5. house   6. question
    7. kitchen   8. X ray

4 1. jam   2. ham   3. jet
    4. bat   5. fox   6. fax

Lesson 14

4 1. skate   2. ride   3. cube
    4. five   5. hose   6. tube
    7. wine   8. rose   9. game
    10. time   11. lake   12. cake

Lesson 15

3 1. cape   2. tape   3. mate
    4. hate   5. cane

6 1. pine   2. wine   3. time
    4. hope   5. note

Lesson 16

3 1. cube   2. tube   3. cute
    4. use

4 1. vase   2. lake   3. name
    4. pine   5. tube   6. nine
    7. home   8. gate   9. smile
    10. rope   11. kite   12. cake

Lesson 17

3 1. wish   2. punch   3. chocolate
    4. sheep   5. shoe   6. cherry
    7. child   8. China

Lesson 18

3 1. phonics   2. whale
    3. whip   4. Philippines
    5. wheel   6. phoenix
    7. Phoebe   8. whisper